JN081733

魚服記

太宰治＋ねこ助

初出：「海豹」1933年3月

太宰治

明治42年（1909年）青森県生まれ。小説家。1935年、「逆行」が第1回芥川賞の次席となり、翌年、第一創作集『晩年』を刊行。『斜陽』などで流行作家となるが、『人間失格』を残し玉川上水で入水自殺した。「乙女の本棚」シリーズでは本作のほかに、『葉桜と魔笛』（太宰治＋紗久楽さわ）、『女生徒』（太宰治＋今井キラ）がある。

ねこ助

鳥取県出身のイラストレーター。書籍の装画、ゲーム、CDジャケットなどのイラストを手がける。著書に『山月記』（中島敦＋ねこ助）、『赤とんぼ』（新美南吉＋ねこ助）、『Soirée　ねこ助作品集ソワレ』がある。

一

本州の北端の山脈は、ぼんじゅ山脈というのである。せいぜい三四百米《メートル》ほどの丘陵が起伏しているのであるから、ふつうの地図には載っていない。むかし、このへん一帯はひろびろした海であったそうで、義経《よしつね》が家来たちを連れて北へ北へと亡命して行って、はるか蝦夷《えぞ》の土地へ渡ろうとここを船でとおったということである。そのとき、彼等の船が此《こ》の山脈へ衝突した。突きあたった跡がいまでも残っている。山脈のまんなかごろのこんもりした小山の中腹にそれがある。約一畝《せ》歩《ぶ》ぐらいの赤土の崖《がけ》がそれなのであった。

小山は馬《ま》禿《はげ》山《やま》と呼ばれている。ふもとの村から崖を眺めるとはしっている馬の姿に似ているからと言うのであるが、事実は老いぼれた人の横顔に似ていた。

馬禿山はその山の陰の景色がいいから、いっそう此の地方で名高いのである。麓《ふもと》の村は戸数もわずか二三十でほんの寒村であるが、その村はずれを流れている川を二里ばかりさかのぼると馬禿山の裏へ出て、そこには十丈ちかくの滝がしろく落ちている。夏の末から秋にかけて山の木々が非常によく紅葉するし、そんな季節には近辺のまちから遊びに来る人たちで山もすこしにぎわうのであった。滝の下には、ささやかな茶店さえ立つのである。

ことしの夏の終りごろ、此の滝で死んだ人がある。故意に飛び込んだのではなくて、まったくの過失からであった。植物の採集をしにこの滝へ来た色の白い都の学生である。このあたりには珍らしい羊歯類《しだ》が多くて、そんな採集家がしばしば訪れるのだ。

滝壺《たきつぼ》は三方が高い絶壁で、西側の一面だけが狭くひらいて、そこから谷川が岩を嚙《か》みつつ流れ出ていた。絶壁は滝のしぶきでいつも濡《ぬ》れていた。羊歯類は此の絶壁のあちこちにも生えていて、滝のとどろきにしじゅうぶるぶるとそよいでいるのであった。

学生はこの絶壁によじのぼった。ひるすぎのことであったが、初秋の日ざしはまだ絶壁の頂上に明るく残っていた。学生が、絶壁のなかばに到達したとき、足だまりにしていた頭ほどの石ころがもろくも崩れた。崖から剝《は》ぎ取られたようにすっと落ちた。途中で絶壁の老樹の枝にひっかかった。枝が折れた。すさまじい音をたてて淵《ふち》へたたきこまれた。

滝の附近に居合せた四五人がそれを目撃した。しかし、淵のそばの茶店にいる十五になる女の子が一番はっきりとそれを見た。

いちど、滝壺ふかく沈められて、それから、すらっと上半身が水面から躍りあがった。眼をつぶって口を小さくあけていた。青色のシャツのところどころが破れて、採集かばんはまだ肩にかかっていた。

それきりまたぐっと水底へ引きずりこまれたのである。

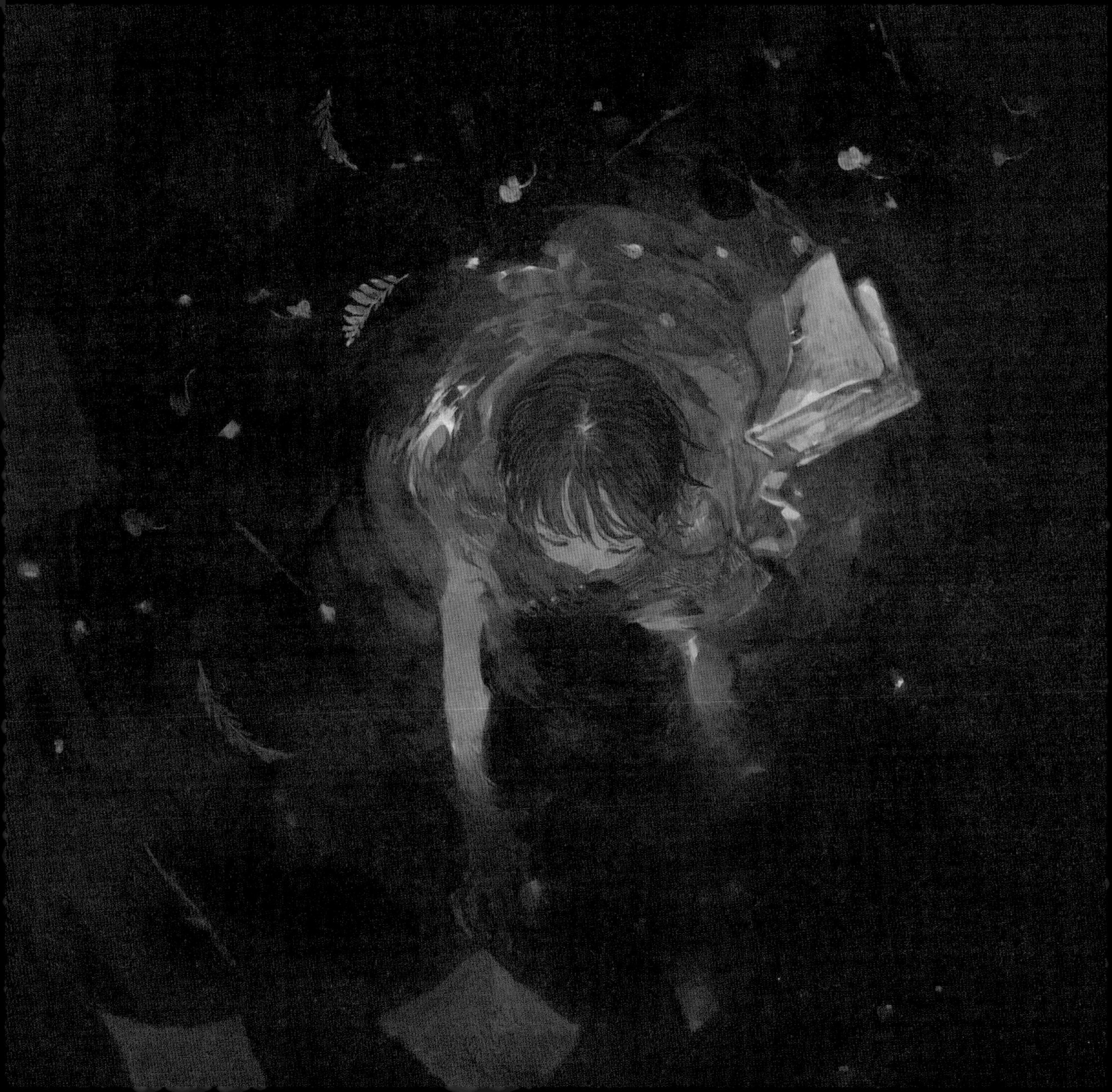

二

春の土用から秋の土用にかけて天気のいい日だと、馬禿山から白い煙の幾筋も昇っているのが、ずいぶん遠くからでも眺められる。この時分の山の木には精気が多くて炭をこさえるのに適しているから、炭を焼く人達も忙しいのである。

馬禿山には炭焼小屋が十いくつある。滝の傍にもひとつあった。此の小屋は他の小屋と余程はなれて建てられていた。小屋の人がちがう土地のものであったからである。茶店の女の子はその小屋の娘であって、スワという名前である。父親とふたりで年中そこへ寝起しているのであった。

スワが十三の時、父親は滝壺のわきに丸太とよしずで小さい茶店をこしらえた。ラムネと塩せんべいと水無飴《みずなしあめ》とそのほか二三種の駄菓子をそこへ並べた。

夏近くなって山へ遊びに来る人がぼつぼつ見え初めるじぶんになると、父親は毎朝その品物を手籠《てかご》へ入れて茶店迄《まで》はこんだ。スワは父親のあとからはだしでぱたぱたついて行った。父親はすぐ炭小屋へ帰ってゆくが、スワは一人いのこって店番するのであった。遊山の人影がちらとでも見えると、やすんで行きせえ、と大声で呼びかけるのだ。父親がそう言えと申しつけたからである。しかし、スワのそんな美しい声も滝の大きな音に消されて、たいていは、客を振りかえさすことさえ出来なかった。一日五十銭と売りあげることがなかったのである。

黄昏時《たそがれどき》になると父親は炭小屋から、からだ中を真黒にしてスワを迎えに来た。

「なんぼ売れた」

「なんも」

「そだべ、そだべ」

父親はなんでもなさそうに呟《つぶや》きながら滝を見上げるのだ。それから二人して店の品物をまた手籠へしまい込んで、炭小屋へひきあげる。

そんな日課が霜のおりるころまでつづくのである。

スワを茶店にひとり置いても心配はなかった。山に生れた鬼子であるから、岩根を踏みはずしたり滝壺へ吸いこまれたりする気づかいがないのであった。天気が良いとスワは裸身になって滝壺のすぐ近くまで泳いで行った。泳ぎながらも客らしい人を見つけると、あかちゃけた短い髪を元気よくかきあげてから、やすんで行きせえ、と叫んだ。

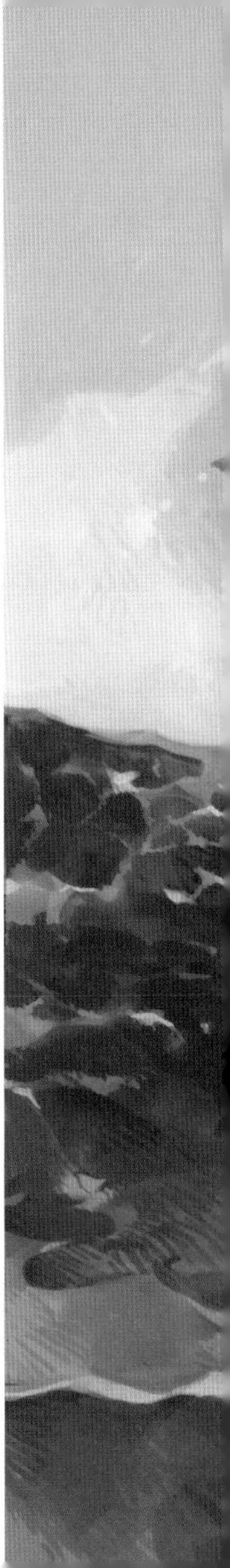

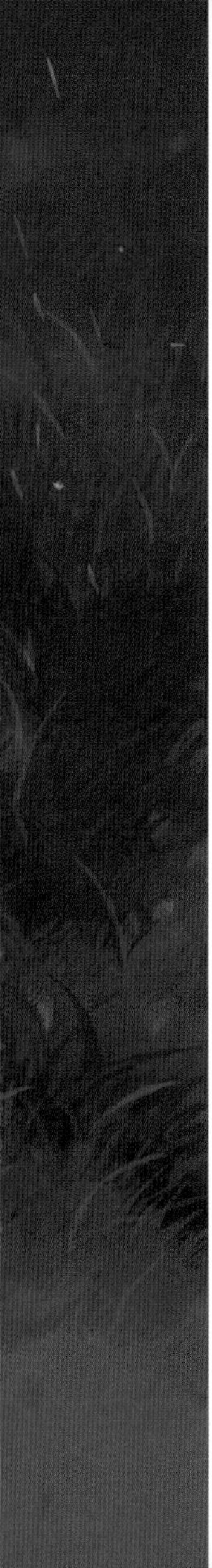

雨の日には、茶店の隅でむしろをかぶって昼寝をした。茶店の上には樫《かし》の大木がしげった枝をさしのべていていい雨よけになった。

つまりそれまでのスワは、どうどうと落ちる滝を眺めては、こんなに沢山水が落ちてはいつかきっとなくなって了《しま》うにちがいない、と期待したり、滝の形はどうしてこういつも同じなのだろう、といぶかしがったりしていたものであった。

それがこのごろになって、すこし思案ぶかくなったのである。

滝の形はけっして同じでないということを見つけた。しぶきのはねる模様でも、滝の幅でも、眼まぐるしく変っているのがわかった。果ては、滝は水でない、雲なのだ、ということも知った。滝口から落ちると白くもくもくふくれ上る案配からでもそれと察しられた。だいいち水がこんなにまでしろくなる訳はない、と思ったのである。

スワはその日もぼんやり滝壺のかたわらに佇《たたず》んでいた。曇った日で秋風が可成りいたくスワの赤い頬を吹きさらしているのだ。

むかしのことを思い出していたのである。いつか父親がスワを抱いて炭窯《すみがま》の番をしながら語ってくれたが、それは、三郎と八郎というきこりの兄弟があって、弟の八郎が或《あ》る日、谷川でやまべというさかなを取って家へ持って来たが、兄の三郎がまだ山からかえらぬうちに、其《そ》のさかなをまず一匹焼いてたべた。食ってみるとおいしかった。二匹三匹とたべてもやめられないで、とうとうみんな食ってしまった。そうするとのどが乾いて乾いてたまらなくなった。井戸の水をすっかりのんで了って、村はずれの川端へ走って行って、又水をのんだ。のんでるうちに、体中へぶつぶつと鱗《うろこ》が吹き出た。三郎があとからかけつけた時には、八郎はおそろしい大蛇《だいじゃ》になって川を泳いでいた。八郎やあ、と呼ぶと、川の中から大蛇が涙をこぼして、三郎やあ、とこたえた。兄は堤の上から弟は川の中から、八郎やあ、三郎やあ、と泣き泣き呼び合ったけれど、どうする事も出来なかったのである。

スワがこの物語を聞いた時には、あわれであわれで父親の炭の粉だらけの指を小さな口におしこんで泣いた。

スワは追憶からさめて、不審げに眼をぱちぱちさせた。滝がささやくのである。八郎やあ、三郎やあ、八郎やあ。

父親が絶壁の紅《あか》い蔦《つた》の葉を掻《か》きわけながら出て来た。

「スワ、なんぼ売れた」

スワは答えなかった。しぶきにぬれてきらきら光っている鼻先を強くこすった。父親はだまって店を片づけた。

炭小屋までの三町程の山道を、スワと父親は熊笹《くまささ》を踏みわけつつ歩いた。

「もう店しまうべえ」

父親は手籠を右手から左手へ持ちかえた。ラムネの瓶がからから鳴った。

「秋土用すぎで山さ来る奴もねえべ」

日が暮れかけると山は風の音ばかりだった。楢《なら》や樅《もみ》の枯葉が折々みぞれのように二人のからだへ降りかかった。

「お父《ど》」

スワは父親のうしろから声をかけた。

「おめえ、なにしに生きでるば」

父親は大きい肩をぎくっとすぼめた。スワのきびしい顔をしげしげ見てから呟いた。

「判《わか》らねじゃ」

スワは手にしていたすすきの葉を噛みさきながら言った。

「くたばった方あ、いいんだに」

父親は平手をあげた。ぶちのめそうと思ったのである。しかし、もじもじと手をおろした。スワの気が立って来たのをとうから見抜いていたが、それもスワがそろそろ一人前のおんなになったからだな、と考えてそのときは堪忍《かんにん》してやったのであった。

「そだべな、そだべな」

スワは、そういう父親のかかりくさのない返事が馬鹿《ばか》くさくて馬鹿くさくて、すすきの葉をべっべっと吐き出しつつ、

「阿呆《あほう》、阿呆」

と呶鳴《どな》った。

三

ぼんが過ぎて茶店をたたんでからスワのいちばんいやな季節がはじまるのである。

父親はこのころから四五日置きに炭を脊負って村へ売りに出た。人をたのめばいいのだけれど、そうすると十五銭も二十銭も取られてたいしたついえであるから、スワひとりを残してふもとの村へおりて行くのであった。

スワは空の青くはれた日だとその留守に蕈《きのこ》をさがしに出かけるのである。父親のこさえる炭は一俵で五六銭も儲《もう》けがあればいい方だったし、とてもそれだけではくらせないから、父親はスワに蕈を取らせて村へ持って行くことにしていた。

なめこというぬらぬらした豆きのこは大変ねだんがよかった。

それは羊歯類の密生している腐木へかたまってはえているのだ。

スワはそんな苔《こけ》を眺めるごとに、たった一人のともだちのことを追想した。蕈のいっぱいつまった籠の上へ青い苔をふりまいて、小屋へ持って帰るのが好きであった。

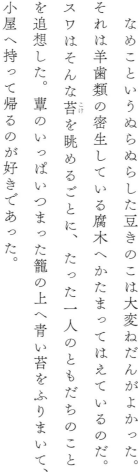

父親は炭でも蕈でもそれがいい値で売れると、きまって酒くさいいきをしてかえった。たまにはスワへも鏡のついた紙の財布やなにかを買って来て呉《く》れた。

凩《こがらし》のために朝から山があれて小屋のかけむしろがにぶくゆすれていた日であった。父親は早暁《そうぎょう》から村へ下りて行ったのである。

スワは一日じゅう小屋へこもっていた。めずらしくきょうは髪をゆってみたのである。ぐるぐる巻いた髪の根へ、父親の土産の浪《なみ》模様がついたたけながをむすんだ。それから焚火《たきび》をうんと燃やして父親の帰るのを待った。木々のさわぐ音にまじってけだものの叫び声が幾度もきこえた。

日が暮れかけて来たのでひとりで夕飯を食った。くろいめしに焼いた味噌《みそ》をかてて食った。

夜になると風がやんでしんしんと寒くなった。こんな妙に静かな晩には山できっと不思議が起るのである。天狗《てんぐ》の大木を伐《き》り倒す音がめりめりと聞えたり、小屋の口あたりで、誰かのあずきをとぐ気配がさくさくと耳についたり、遠いところから山《やま》人《ふと》の笑い声がはっきり響いて来たりするのであった。

父親を待ちわびたスワは、わらぶとん着て炉ばたへ寝てしまった。うとうと眠っていると、ときどきそっと入口のむしろをあけて覗《のぞ》き見するものがあるのだ。山人が覗いているのだ、と思って、じっと眠ったふりをしていた。

白いもののちらちらちら入口の土間へ舞いこんで来るのが燃えのこりの焚火のあかりでおぼろに見えた。初雪だ！　と夢心地ながらうきうきした。

疼痛《とうつう》。からだがしびれるほど重かった。ついであのくさい呼吸を聞いた。

「阿呆」

スワは短く叫んだ。

ものもわからず外へはしって出た。

吹雪！　それがどっと顔をぶった。思わずめためた坐《すわ》って了った。みるみる髪も着物もまっしろになった。

スワは起きあがって肩であらく息をしながら、むしむし歩き出した。着物が烈風で揉《も》みくちゃにされていた。どこまでも歩いた。

滝の音がだんだんと大きく聞えて来た。ずんずん歩いた。てのひらで水洟《みずばな》を何度も拭《ぬぐ》った。ほとんど足の真下で滝の音がした。

狂い唸《うな》る冬木立の、細いすきまから、

「おど！」

とひくく言って飛び込んだ。

四

気がつくとあたりは薄暗いのだ。滝の轟《とどろ》きが幽《かす》かに感じられた。ずっと頭の上でそれを感じたのである。からだがその響きにつれてゆらゆら動いて、みうちが骨まで冷たかった。

ははあ水の底だな、とわかると、やたらむしょうにすっきりした。さっぱりした。

ふと、両脚をのばしたら、すすと前へ音もなく進んだ。鼻がしらがあやうく岸の岩角へぶっつかろうとした。

大蛇！

大蛇になってしまったのだと思った。うれしいな、もう小屋へ帰れないのだ、とひとりごとを言って口ひげを大きくうごかした。

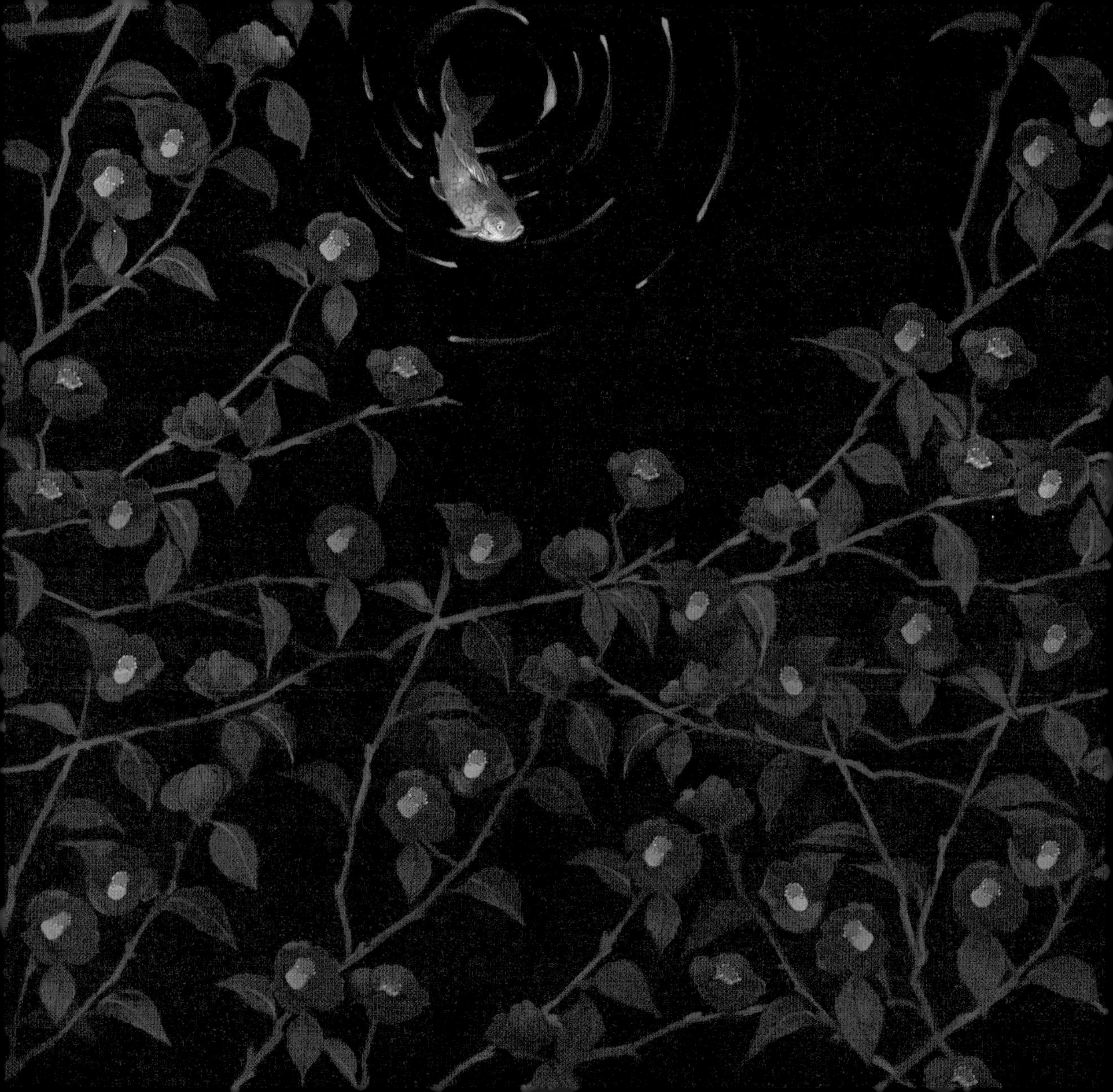

小さな鮒《ふな》であったのである。ただ口をぱくぱくとやって鼻さきの疣《いぼ》をうごめかしただけのことであったのに。

鮒は滝壺《たきつぼ》のちかくの淵《ふち》をあちこちと泳ぎまわった。胸鰭《むなびれ》をぴらぴらさせて水面へ浮んで来たかと思うと、つと尾鰭をつよく振って底深くもぐりこんだ。

水のなかの小えびを追っかけたり、岸辺の葦《あし》のしげみに隠れて見たり、岩角の苔をすったりして遊んでいた。

それから鮒はじっとうごかなくなった。時折、胸鰭をこまかくそよがせるだけである。なにか考えているらしかった。しばらくそうしていた。

やがてからだをくねらせながらまっすぐに滝壺へむかって行った。たちまち、くるくると木の葉のように吸いこまれた。

※本書には、現在の観点から見ると差別用語と取られかねない表現が含まれていますが、原文の歴史性を考慮してそのままとしました。

乙女の本棚シリーズ

この美しい、
楽しい島は
もうスッカリ地獄です。

浜辺に流れ着いた３通の手紙。
そこには、
遭難した兄妹の無人島での
生活が綴られていた。

『瓶詰地獄』
夢野久作＋ホノジロトヲジ

私の心の上には、
切ないほどはっきりと、
この光景が焼きつけられた。

横須賀線に乗った私。
発車間際に乗り込んできた
小娘と２人きり、
汽車は動き出すのだが……。

『蜜柑』
芥川龍之介＋げみ

こんな夢を見た。

10の夢によって構成される、
超有名作家による幻想的な奇譚。

『夢十夜』
夏目漱石＋しきみ

でも、貴下は、貴下は、
私を知りますまい！

外科室での手術で
麻酔を拒否する夫人。
その視線の先には、
外科医・高峰がいた。

『外科室』
泉鏡花＋ホノジロトヲジ

赤とんぼは、
かあいいおじょうちゃんの
赤いリボンに
とまってみたくなりました。

誰もいない別荘。
そこに引っ越してきた少女は、
１匹の赤とんぼと出会った。

『赤とんぼ』
新美南吉＋ねこ助

いっそこのまま、
少女のままで
死にたくなる。

東京に暮らす１人の少女。
彼女のある１日の心の動きを描く。

『女生徒』
太宰治＋今井キラ

猫、猫、猫、猫、猫、猫、猫。
どこを見ても猫ばかりだ。

温泉に滞留していた私は、
あるとき迷子になり、
見知らぬ町に辿りつくが、
そこは不思議な光景が広がっていた。

『猫町』
萩原朔太郎＋しきみ

桜が散って、このように
葉桜のころになれば、
私は、きっと思い出します。

島根の城下まちに暮らす姉妹。
病気の妹は、ある秘密を抱えていた。

『葉桜と魔笛』
太宰治＋紗久楽さわ

その檸檬の冷たさは
たとえようもなく
よかった。

あてもなく京都をさまよっていた
私は、果物屋で買った檸檬を手に
丸善へと向かうが……。

『檸檬』
梶井基次郎＋げみ

「あれらは、
生きて居りましたろう」

蜃気楼を見に行った帰り、
私は汽車のなかで押絵を持った
男と出会った。
男は、その押絵について
語り始め……。

『押絵と旅する男』
江戸川乱歩＋しきみ

私はひそかに鏡台に向って
化粧を始めた。

夜な夜な女装をして出歩く「私」は、
ある夜、昔の女と再会する。
そして彼女との
秘密の逢い引きがはじまった。

『秘密』
谷崎潤一郎＋マツオヒロミ

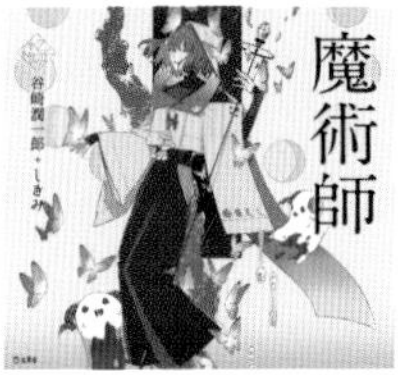

私の魂は磁石に吸われる
鉄片のように、魔術師の方へ
引き寄せられているのでした。

初夏の夕べ、恋人と公園へ行った私は、
そこに小屋を出している
若く美しい魔術師に出会った。

『魔術師』
谷崎潤一郎＋しきみ

私の膝の上には、
いろいろな人が入りかわり
立ちかわり、
腰をおろしました。

作家である佳子に届いた１通の手紙。
「奥様」と始まるその文章には、
ある椅子職人の生活が綴られていた。

『人間椅子』
江戸川乱歩＋ホノジロトヲジ

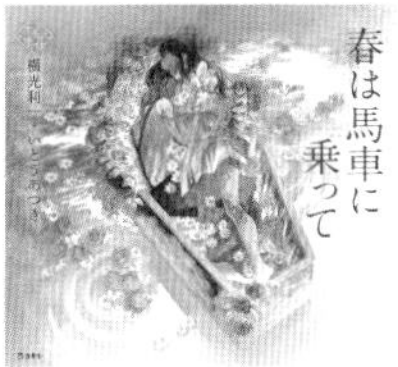

もうあたし、
これでいつ死んだっていいわ。

海のそばにある家。
そこで彼は、
日に日に弱っていく妻を
１人看病し続けていた。

『春は馬車に乗って』
横光利一＋いとうあつき

「おめえ、なにしに生きてるば」

地図にも載っていないような
山のふもとの村で、
炭焼きの娘・スワは、
父親と２人で暮らしていた。

『魚服記』
太宰治＋ねこ助

月の光は、うす青く、
この世界を照らしていました。

月のきれいな夜。
おばあさんの家にやってきた、
２人の訪問者。

『月夜とめがね』
小川未明＋げみ

好きなものは呪うか殺すか
争うかしなければならないのよ。

師匠の推薦で、夜長姫のために
仏像を彫ることになった耳男。
故郷を離れ姫の住む村へ
向かった彼を待っていたのは、
残酷で妖しい日々だった。

『夜長姫と耳男』
坂口安吾＋夜汽車

桜の森の満開の下の秘密は
誰にも今も分りません。

鈴鹿峠に住む山賊は、
新しい女房をさらってきた。
だが、彼女はどうも他の女たちとは
違っていて、彼のことを恐れず、
そればかりか……。

『桜の森の満開の下』
坂口安吾＋しきみ

「私の運命を決定《きめ》て下さい」

浦塩の町で、
１人の男が話しかけてきた。
彼が語るのは、
兵隊時代の話と、それにまつわる
「死後の恋」についてであった。

『死後の恋』
夢野久作＋ホノジロトヲジ

「その声は、我が友、
李徴子ではないか？」

袁傪は旅の途中、
旧友の李徴と再会した。
だが美少年だった李徴は、
変わり果てた姿になっていた。

『山月記』
中島敦＋ねこ助

定価：1980円（本体1800円+税10%）

魚服記

著者　太宰 治
絵　ねこ助

発行人　古森 優
編集長　山口 一光
デザイン　根本 綾子(Karon)
担当編集　切刀 匠

発行：立東舎

印刷・製本：株式会社廣済堂

©2021 Nekosuke
Printed in Japan

定価はカバーに表示しております。

落丁・乱丁本はお取り替えいたします。本書記事の無断転載・複製は固くお断りいたします。